# 长途汽车上的笔记

孙文波 著

长江出版传媒 | 长江文艺出版社

图书在版编目（ＣＩＰ）数据

长途汽车上的笔记 / 孙文波著. -- 武汉：长江文
艺出版社，2020.1
ISBN 978-7-5702-1189-0

Ⅰ. ①长… Ⅱ. ①孙… Ⅲ. ①诗集－中国－当代
Ⅳ. ①I227

中国版本图书馆 CIP 数据核字(2019) 第 167047 号

策划编辑：王苏辛
责任编辑：黄文娟　　　　　　　　责任校对：毛　娟
封面设计：周安迪　　　　　　　　责任印制：邱　莉　　胡丽平

出版：长江出版传媒　长江文艺出版社
地址：武汉市雄楚大街 268 号　　　邮编：430070
发行：长江文艺出版社
http://www.cjlap.com
印刷：湖北恒泰印务有限公司

开本：787 毫米×1092 毫米　　1/32　　印张：4　　插页：4 页
版次：2020 年 1 月第 1 版　　　　2020 年 1 月第 1 次印刷
行数：2048 行

定价：45.00 元

*Contents*

# 目　录

# 长途汽车上的笔记之一

——感怀、咏物、山水诗之杂合体

## 1

不断地妥协，我把腰丢了，还他一个青春。
在夏日，我说话是吞雾，思想万里之外的
河山。其实我走着，只是自我的狂诞。
不靠谱中年，早已心存混乱，用放肆恶心情感。

怎么办，用封锁？如此手段太旧，不及盲然。
到头来，我只好面对一些新事，重建
自我的信心。是否太晚？我要不要
只是选择旅行，成为风景的解人，植物的知音？

事实证明他不这样看；老人的道德感，让他

呈现一张冷脸。就像同情，错误也是对的；
表象代替真相，考验着我的耐心。
直到不行了，让我面对天空，寻找照我的镜子。

真是啊！还需要瞻前顾后？我必须批评我。
瞧这世界，人人说话都是卖弄，都是遮闭；
无色情的，炫耀色情；不哲学的，炫耀哲学。
而我很想累了，造清醒的反，把颓废当成革命。

2

清醒的意义是：杜鹃、曼陀罗，纠结在山边。
我去了，怀揣自己的隐私：看大山的虚无。
大雁也来了。久违的眺望，需要我用相机
深入探索与它们的关系：无论南北，都是故乡。

我因此还要学习。"看，那和尚，来时
孑然一身。现在已能影响局势"。"但他的
建筑混乱"。"混乱，也是大规模的感官
刺激"。"你必须承认，他做出了卓越努力"。

但是，内心的边界在哪里？佛陀的偈语，
从来没有棒喝我。悟，也只是针对尘世；
就像仅仅吃了两天素食，嘴里便念叨着荤腥。
戒律，没有菩提之美，也没有让我看见彼岸。

反而让我觉得有床榻处，就有故事。人生，
就是从一张床到另一张床？事情当然不能
这样判断。"之间"，作为距离，也许是不断
唐突，要不就是歧义。"升华，缘于认识"。

3

落后、先进。我的上层建筑在哪里？
一步步，我总是向下（向下的路，也是向上的
路）。当看到左与右为几个数据争吵，
我正在关心天气问题，明天或后天有没有大雨。

我有忧虑。刚刚过去的冬天，太漫长。
很多个夜晚，我明显感到寒冷如猫爪挠心。
尤其是春节期间住在邻河小旅店，
蒙着厚厚棉被，我仍能感到风对骨头的刺激。

我想问：反常气候里有形势？传统说法：
牵一发动全身。当臭氧层破坏的消息频频传来，
普遍的焦躁中什么是海阔，什么是天空？
一句话让我们下里巴人。一句话让我们形而上学。

说明着我们的脆弱。幸运和倒霉都是命运。
有什么必要为一些事情不如人意叹息？
我羡慕那些保持着平静心态的人，
他们衣襟褴褛，但能在笑谈中对时间无所畏惧。

4

而性不性的，有那么重要么？状态的进入
取决在什么场合。关于情感，我可以说很多；
责任、义务、遥远的未来。我看不到的，
增加了我的怀疑。它有黑的颜色，带来晦涩。

作为一种虚构。在别人眼中，我们
从来不是我们心中的自己。例如关于我，
当有人说：他啊！如此、如此。我听着，

就像那是在谈论一个木匠，或修电器的工人。

我并不反对这样的谈论。
哪怕牛头不对马嘴。一个人可以是学校，
也可以是工场，更可以被看作国家。
一个人的存在，生命的运作，程序太多。

犹如蝴蝶效应；如果我们经历的是风暴，
谁还会想到蝴蝶的美。我更愿意
把偶然性提上议事日程；所有的经历
都是修正。死亡不降临，谁都不会是他自己。

5

转移、拒绝。双音节的夜晚。回忆的歌声
把人们带向哪里？不同的情绪归结到一个点上，
是并不容易的事。我的注意力
穿过的是一片空濛，看见伤害其实早已发生。

十几年了，不要在意的劝告，变成嗡嗡的絮语。
只是有谁知道，我曾多次坐在水库大坝上，

被头顶的星星刺激，当一架飞机闪灯飞过，
我当时预见到的，恰好吻合了后来发生的一切。

我的意思是：变化，已成为我们时代的表征。
我从不羡慕不属于自己的一切（大学系统，
保险金制度）。我不害怕疾病？疼痛的感觉
反复多次，已经钝化。我去医院，只是陪伴人。

我有自己的原则：不做别人手中的玩偶。
正是这样，一个时期以来，我拒绝向人，
哪怕是朋友透露自己的行踪，只是说，在山里。
我实际是待在河边，从流水寻找"自我的确定"。

6

观察水。我是智者？铅云、浊水，被裹挟的
枯枝卡在桥墩上。这样的记录有什么用？
"你看到的那道闪电，带来的灵魂的
惊悚，让我问道"。我追寻的，正是我的疑惑。

因为我看到的平静均来自表面。当对话

进一步深入，我知道了他的不安恰恰是

语言的不安。很多词，当它们失去了

指涉的事物，譬如泰山，也就失去了真正的力量。


我同情他在针尖上的舞蹈。我庆幸自己

一直置身在混乱的现实中。什么是危险？

肯定不是山上偶尔滚下的石头，而是

超员的长途车上与人挤在一起，恶臭挤满了肺。


赢得身体的健康，失去的是能够分析

的生活；恶，带来了善，语言的丰盈。

如果有什么需要感谢，我要感谢的是：

社会的紊乱。太紊乱了，每个词都落到了实处。


7


地域的差异性，总是有人讨论：这里的绿，

比那里的绿更绿。在餐桌上也没有停止。

我的兴趣是观察移动的景物中，什么

可以摄进镜头；扶桑花，还是东倒西歪的房屋。

我已经厌倦自卑。面对整洁的小火车站，

以及到处张贴的竞选标语……

是与不是都让人深思，我早已习惯。

说穿了，我们无非是物质的奴隶。


我们懂得的不过是小人物的手势。把新闻

从电视和报纸上吞进嘴里，再吐出来，

好像有了自己的见解。但真的有吗？

从语言上讲，我们懂得的仅是"手势"这个词。


我们是在修辞的"螺丝壳做道场"的人。

祭坛上，放不进有些阴谋、人事变更。

甚至也放不进股票、石油、和房价。

激情澎湃，拳头打棉花，才是现象之秘密。


8


那么细节呢？当耳边传来"总在穿过拥挤的

小城镇"。或者传来的是"如果没有那些

造型丑陋的房子，路边的山可能好看一些"。

我心里的疑问是：它们到底向我们说明了什么？

"事情在朝着我们不可控制的方向发展"。
为什么控制？是关于身份问题，还是
汽车的增长太迅速？我承认，车祸的确
多得惊人；不是翻下山崖，就是冲进了人堆。

呈现出逻辑链环上的悖论图景。这就是
南辕北辙吗？ "用建造天堂的蓝图，建出来的
却是地狱"。要不，将之称为人的变形记？
我们都是蜕变过程中的一个分子，计量单位。

它嘲笑了我们的生殖力。"谁知道结果，
谁就是先知"。在今天这样的话已经不是
挑衅。它总是随着我想得到结论的想法
在眼前晃动，就像已经成为我视网膜上的裂隙。

9

回过头……，重新审视，我反复看到杏坛，
看到文公山和阳明山。在两河夹着的山顶，
心性的宽阔，无处不在。我欣赏把战士

和书生集于一生的人。说到风景，他们永远是。


什么在转瞬即逝？享乐主义还是无所依傍
的名声。即使我们像古人那样，
留下比纸还薄的太阳鸟图腾，以及精美的玉璋，
一切仍是风一样吹过；白马过隙。脱衣服换裙。


第五维度，惊人的发现。有用吗？当灵魂
与灵魂相遇，面对诘问，我们能说出什么？
有时候这样想时，我的心里突然涌进
一条冰河，我看见自己面孔发白，挣扎着游泳。


因此我宁愿现在这样：书籍的大殿，迷宫，
选择的自由，我已经就此拒绝了很多。
反向的道路，远离，格格不入，把这些
加在我的身上我很乐意。我必须创造一个自己。


10


……只是一切都在加速。语言的归宿，
犹如香烟盒上的警告。我必须更加小心谨慎，

让它指向要描写的事物；日常的行为，

面对气候异常，人们需要从内心做出的反思。


我不愿意像他那样再神话它们。

譬如面对一座城市、一条街道，暴雨来临，

这不是浪漫。情绪完全与下水系统有关，

尤其行驶的汽车在立交桥下的低洼处被淹熄火。


表面上仅仅是自然现象。隐含的难道不是

法律问题？法律，不应该是制度的玫瑰。

它应该是荆棘吗？也许应该是教育，

告诉我们，天空和大地实际上有自己秘密的尊严。


肯定不是征服。不是……，而是尊重。

我的努力与炼金术士改变物质的结构一样。

通过变异的语言，能够在里面

看到我和山峦、河流、花草、野兽一起和平。

# 长途汽车上的笔记之二

——感怀、咏物、山水诗之杂合体

## 1

淼淼的流水、风味米粉、路口的旅店，

我像蒲松龄一样把自己与它们联系在一起，

没有谁关心我从什么地方来到这里，

我在街上闲逛等待夜晚到来，就像有人等待艳遇。


这当然是虚无的图画。"想不到时间毁坏了

那么多人"。艾略特的诗句，可以用在这里。

面对它，任何纠心的思考都会变得意义欠缺

——谁知道我曾站在水边，打量河心漂浮的垃圾？


相对于宽阔河面，我渺小——孤独的本义。

我为此更愿意面对肉体的具体；譬如色情；

人的交欢尽管短暂，但可以称为绝对；

云里雾里，绝对使很多人忘记自己是谁，在哪里。


将之哲学化；只有我知道自己的肚子里，

已装进的天地，万山葱绿，流水纵横。

有时，我是树的后世；有时不过是某人的前生

——离开这里，他们还是会不断看到我的身影。


## 2


这样，当我需要不断地旅行，

为了一本出入国境的证书，面对别人的盘问

我非常坦然。哪怕电话像一只猎犬，

灵敏地找到我，喂、喂、喂……愤怒的声音


就像思想的潮水，让我感到我是空无的敌人，

被谣言包围。即使走在熟悉的街道上，

熟悉也迅速变成不熟悉。譬如在从小长大的

成都铁路新村，我发现自己已经变成异乡人。

我问，哪里才是我能够找到的归宿？

面对一个个地名，我努力在大脑中修复旧地；

我的思想无数遍转弯，还是没有建设起

一个院子、几棵桉树，没有让石柱重新耸立。


为此有时我想骂人。可是我骂的对象是谁？

以至于我只好逃避世俗的节日；

很多时候，我宁愿独自待在空荡荡的屋子里。

瞧吧，很多夜晚我都在翻阅记录消亡的书籍。


3


我说：这是衰年变法，守住内心的灯盏。

我不把信仰外在化，不求任何神的护佑。

面对不断转换的居住地，我宁愿在辽阔的江边，

观看铁驳船变小的图像。它，就是提醒——


我们是在变幻莫测的世界上生活。

我们不知道明天会发生什么；譬如多年的

朋友，一件小事就能翻脸。酒桌上的聚会，

到头成为让人难堪的记忆——这些……

我都经历过了。我知道，最终我会
成为汉语的孤魂野鬼。我知道，当我走出家门，
并没有另一个家门向我敞开。我知道，
我只能与时间打交道。而时间正在如涛流逝。

它使我某一日登上嘉山之顶。站在破败的
砖塔顶，极目向远处望去，看见的是
苍茫起伏；水、沙洲、山丘，呈现虚渺的内涵，
在我的心上堆垒。我不得不同情那些造塔的人。

4

实际上我是同情信仰；对富裕的渴望，如今是社会信仰。
无论走到哪里，
我总是碰到想发财的人，构成缤纷的景象，
面对他们，我被说成一个不合时宜的人。

仇恨的力量太大。信仰带来的"正义"太多。
这就是我同情的原因。我的乌托邦
是在流水上写字。在星空上写字。这是我的

愿望。十二星相旋转，让我产生变形的想象。


与它们建立关系。很多夜晚，我仰天长望，
"又见到你们啦。没什么变化"。我不需要
告诉它们我是什么人。我不需要的，它们
也不需要。我需要的，在这里，又不在这里。


5


我就此进入不同的城市，无论南方、北方，
当我听见不同的方言，在意识的隐秘角落
被牵扯出来的是什么？我一直用表面上的冷漠
呈现自己，打量一切。好像陷入了玄秘的游戏。


实质当然不是这样。灵魂的焦虑不是风景；
不是巨大樟树，不是河上的廊桥。不可能
用一幅画告诉观赏者，我呈现给世界的，
仍然是矛盾纠结的岁月。我希望做过的不后悔。


它使我小心谨慎面对每一天。小心谨慎
面对每一个人——别人的秘密，让别人去守，

哪怕是对我的伤害。我需要的是在内心
建设自己的堡垒，就像泥瓦匠用砖和水泥砌出房子。

我希望成为另外一个我，与别人拉开距离，
就像从梦进入另一个梦。这是不断勾起
我幻想的思绪——在这里，她、她们，是抽象，
让我思考玄而又玄的语言问题——词的命运……

## 6

但血缘的纠葛，仍然使我的心如乱麻缠住。
父母衰老，他们为继续活下去做的努力，
就像钓鱼的钩子钩住我。忠义、孝悌，
让我常常害怕半夜电话铃声会带来恶劣的消息。

一旦如此，就是预先安排的生活日程的中断。
千里奔波让我见识早已陌生的火车硬座。
彻夜无法安眠时，头脑不得不上演戏剧，
一幕幕的尽是移动的景象——死亡的大大咧咧。

见证是恐怖的。如果我亲眼目睹手术

切开身体，巨大伤口的腥红色，难道不会成为
印痕，刻在我的心上，变成身体的政治，
身体的抒情？提醒我，阴和阳，不仅是两个词。

是事物的两极。从一极到另一极，说简单，
很简单，说复杂，很复杂。但是无法追溯意义。
这就像看到满山的竹子，它们一根根
独立摇曳，根却扎入地下，紧紧地纠缠在一起。

## 7

只是我是否还能深入到身体内部？一场暴雪
突然降临，寒冷进入，我会看见什么？
望着窗外矮树丛中的积雪，我想到肝、肾、脾。
这些属于我的器官，我发现从来没有了解它们。

对疾病的恐惧，一再地支配着人的行为，
让我们看到死亡的形象。活着还是死去
就此成为重复思考的问题，从而确立
对事物的态度，我们应该接受什么，反对什么？

鼓盆而歌。醉卧街巷。这些是曾经的榜样。
但是，我不再学习他们。在故事中
被赞美的，在现实中可能被卑视。我们的
肉皮囊，并不属于自己。它在社会中，属于社会。

如果身着昂贵的服装，我们就是昂贵的人。
如果衣衫褴褛，"卑贱"二字将写在脸上。
权界、平准，没有比它们更奢侈的词，
社会告诉我们的，疾病，从反面描绘另一种图像。


8


而地理的转移，洗浴中心向我展示的温柔，
我把它看作引鸩止渴。南宋的消亡的风流。
全是一堆肉——不是尤物——在水汽
的袅袅蒸腾中，堕落，也是一门学问，深如渊壑。

学不会的，永远学不会……。股与股的勾连，
不是灵魂与灵魂的勾连——转身，就是遗忘。
我能够说的是，所有身体都是同一个身体。
苟日新、日日新、又日新，不过是幻想大于真实。

所以，我深入不进去。如果说这里是人生的边缘，
我就站在边缘的边缘——我只是旁观者，
看到《世说新语》。重温民族的浮世绘；
现实后面的隐现实——我把它看作《资本论》的注解。

也是暗示；暗示我已经很难设计自己的未来。
我不想模仿晚年的杜甫。但我很可能
必须像他一样，不停地从一地漂泊到另一地，
不得不接受"青山处处埋忠骨"的宿命之命。

## 9

有时我只能用"谁此时没有房屋，就不必建筑"
这样的诗安慰自己。不断面对
陌生的地方，带来的是新鲜感……
脑袋里装满变化的河山；可以反复翻阅的图册。

把自己固定在某个欣赏的场景；譬如
在临河的阳台，眺望远山如黛；走在青石山道上，
头顶绿树遮天蔽日——它们符合对隐匿的描述。

尽管有掩耳盗铃的嫌疑。但是，仍然非常管用。


那么，我是不是已就此懂得漂泊的意义？
杭州、婺源、北京、鄂尔多斯，所有的居住
是借住。无论风景多么秀丽，多么辽阔，
带来的感觉彼此矛盾；越是赞美，内心越是疼痛。


幻想着立锥之地，幻想着安逸、安静和安全。
如果说意义，它们就是意义；如果说价值，
它们就是价值。我告诉自己，什么是一身彻底轻松，
也许，这样就是。它让我不必眷念，欲望全无……


## 10


只是抛弃、放下、清空、减法的哲学，
仍然如交通警示，耸立在我的视野。
我知道我与世界的关系仍很复杂。我可能还会
因为别人改变自己；就像人生突然改变路线图。


意外无法避免。只有厌倦能让一切结束。
甚至厌倦的消息，我也已经厌倦——

它突然来到我的体内，我眼前飘动的，
不过是犹如花瓣从空中散落的景象；无辜的美。

我已不管现象还是本质。我已不在乎
人们把传言当作真实。进入历史，谁不是传说？
我经历过的，谁还能重新经历？我不述说，
还有谁能述说？所谓秘密，就是从来没有发生。

肯定没有。在这里，它就是纸上的语言的旅程。
有了开始，需要结束。我所有的努力
就是必须到达结束……。我到达了吗？
一、二、三,八、九、十，我到达我的目的地。

# 长途汽车上的笔记之三

——咏史、感怀、山水诗之杂合体

1

穿越，时髦流行词。我决定用它一次。
到达混乱：下沉的深坑，堆放零乱的骨骸，
甲骨，礼器。让我低头徘徊，阴风吹衣衫，
我的眼睛突然潮湿，胸口如被重槌一击。

狼奔豕突。大脑闪现的言辞，四面是危机。
影像转动起来，祭祀游戏使弱者断头，
骏马倒地，王者把自己置于铜鼎之内。
我的注意力被彻底牵制；在问鼎的意义上。

复杂性，让我小心谨慎地看，原始的符号

说明什么？对将要发生的事，预见的愿望

就是把自己交给别人，扭曲的灵魂等待破解。

是山川吗，是日月吗？对应之物，已是玄机。


很残酷。带来无尽幻象：指示天地，

统驭鸟兽虫鱼。不解神秘终究无解。

我惊异工匠们技艺的奇妙由时间放大到壮丽。

越是想还原真相它越是隐匿。这是字的围城。


2


……也是浮云。我猜不透为什么一个朝代

会被另一个朝代掩埋几米，是大地膨胀，

还是……？我走在草地上，已经是

走在无数鬼魂的头顶。无数宝藏在我脚底。


玉璋、玉璧、玉珪，铜觚、铜鼎、铜斛。

仪式只是想象。我看见其中的不可知论。

包括对死亡的敬畏。应该敬畏。天子之礼，

庶民之礼。面对自然无中生有。左右摇晃。

聚神聆听，我的耳中传来金戈铁马之声。
生命的血腥一下子涌入胸中，堆垒成压迫。
演绎出鹰隼、野狗叼食尸体，苍蝇乱飞，
腐臭的味道弥漫百里的画面，证明着反人性。

让我看阶级、封建集中的智慧，从征服中来。
罄竹难书其中的破碎。暴露的残缺
已经成为夸耀之源。民族的图谱上，
语言的图腾渲染如血腥。我应该为他们骄傲？

3

但骄傲，是另一个层面的事。犹如面对黄河，
我恰好目睹到了落日呈现不变的一面，
水反射动荡的光芒，看得人眼花瞭乱。
接近它时，我心中的河水加快了流动的速度。

使我面对现实的生活，烩面或牛肝带来的
心满意足，让位霸道与王道。让位于
朝代改变带来的美学改变。消化它们，
关系到认识世界；在这里，我注重细节与动机。

我看到，没法选择永恒。寻找信仰的过程
只能给世俗的欢乐让位。这就是拯救？现实的
请求，总是暗藏秘密的动机。问题是没有精神，
谁能够到达彼岸？我只能把崇拜看作自我丧失。

这是普遍发生的事。正是这样，入目所见，
无论是琼楼玉宇、卧虎坐狮、舞伎乐工，
还是黄金面具、玛瑙凤冠、经文碑刻，都是
权力的隐喻。我不得不想到，权力代替着美。

4

我不能沉迷其中……。汽车改变空间。
距离收缩，成为聚众喝酒的理由。我在
朋友身上领教习俗的言外意；与杜康讲义气。
自我在脸红筋胀中出走，身体，空成容器。

杯觥交错，满而溢、溢至损。同样道理，
在某一个先贤的生涯中亦能看到，爱酒无量，
在文字中自我赞美。好像活命的奥义。

实际是没有掩饰，几乎成为了文字的牺牲品。

我不敢那样。我只对他的失败感兴趣。
一生不断被贬；向南、再向南，直到蛮荒地。
他的经历和诗锥心泣血、摇曳多姿，
成为后来者酒桌上嚼舌头、反复谈论的传奇。

没有传奇，他的一生可能不会是伟大的
一生。但我仍同情他。我欣赏他的墓地
向故乡倾斜的柏树带来的神秘；游走的迷魂。
我的到来是无用的拜谒。相聚，颇像喜剧。

5

问题是，我与古人进入的并非相同风景。
地理名称的存在；让我看到要拜望的人，
得到一个女人，失去官运。厄舛不断。一步错，
步步错。铸文字的迷宫，成为别人考据的原型。

但秘密很可能已经随他消失。我了解到的
仅仅是假象。要说悲凉？他的墓地

的确透出悲凉之气。我只能认为，幸亏他
被绚斓的词汇簇拥，最终安葬在了人们的心里。


我的心里……。只是，我能够说出什么？
细看他的一生，不过是搅在混沌官场的泥沼中，
左右不是人，治国经纬难编织。
让人看到的是与屈原、谢朓、杜子美同样的结局。


叹息、同情、怜悯、深思，一波三折。
我不得不干脆把目光投向山水，向北，
山脉横空耸立。进入，攀登壁立万仞的山崖。
极目远眺中，满目迷濛，耳边只有空的风声。


## 6


下一步到哪里；玫瑰山岭，还是狂士聚会
的竹林？放荡的生涯已影响无数后人。
但我不喜欢嗑药嗜酒之徒。选择放弃。
甚至怀疑，历史以讹传讹，美化，多于实际。


倒是反佛之人让我兴趣盎然。爬坡过坎，

隔墙睹他的坟冢。虽然并不喜欢他说话晦涩的
方式。他从旧文字找到新见识的作法，
却不能不算革命，说明道理：旧，亦能翻新。

拨云见日，心念才是原则，没有认识的
信仰不过是歪曲信仰。从他的经历中我看到
今日我们还走在循环论中。有痛产生。
我因此说：我把他看作教育家，主旨是反对。

是站在经验一边。站在语言的秘密一边。
不是站在，譬如说，一条巨大的野生鲤鱼一边。
尽管晚餐时，它赢得了我们的赞美；
活成了妖怪，活成了精灵。一切，都已过去。

## 7

不过遗憾仍然产生。我还是错过了一座城市。
路线不对，南辕北辙。我相信那里有人
在等待我，上千年了，他等待我
告诉他，读他是大事，关系着理解自我的道德。

这不是谬托知音。是对他混乱的生涯

感兴趣；国祸兵燹，寄人篱下，卑微的生活，

没有伤及他的骄傲。现在他应该更骄傲。

仅仅是他的名字，已经成为不少人活命的产业。


真是讽刺。生前没有立锥之地的人，

身后到处是他的名字命名的园林。以至我设想：

要是他能还魂看到会如何感慨？我的

感慨是：一切与他无关。死者变成活人的财神。


很可怕吗？白云苍狗。变形的镜像。

理解不过是寻找与自己有关的定义。

我其实喜欢的也许并不是他，而是另一个自己。

所有谈论都是借题；犹如借花献佛，借山谈水。


8


我因此选择疏离，转而看牡丹最后的凋零，

看悬崖上失去头颅的石像和倒悬的石莲。

我看到，被赋与意义的石头已不是石头，

是时间的解释；辉煌与衰败，此一时、彼一时。

而过去的一些东西变身经济。满城的建筑
反对历史。有人向我讲述昔日帝王；
调一变，不是帝王、嫔妃们花团锦簇，
是他们在宗教前的祈祷，颇有白马非马的意味。

似乎说明今日山水
再也不会滋养出造神之文。不管是东山
还是西山，我看见的来者表面敬慕古人，
不过是把古人当作风景。

权贵之戏永恒……
阴谋、阳谋，公平、不平，
都在夺路，搅成混沌，有人看得血脉贲张，
有人看得糊涂。而我，则把自己定位成旁观者。

9

但我知道，还有更多惊讶等待着我。譬如
一个遭遇门第衰败变得贫穷的人；关键是他
谱新曲的秘密，不是窃窃私语，是声音

的数学，他发现了其中变化万千的斑斓世界。


我们坐享其成⋯⋯，感觉被拨响了
内心隐藏的乐器；有时候是琵琶、古筝，
有时候是钢琴、提琴。不管是否悠扬，
反正是丰富。犹如一觉醒来，枯树挂满果实。


带来内心的摇晃。令我怀疑关于劣根性的
言论；一切变化，是时间带来的结局。
今日留驻之人，多是寒门后裔，所谓
有门第的人，早已让位于其他人。


我当然知道士族们早已丧失门庭。留下
的传说充满奢靡的情节。唯一让我惊心动魄的
只有崖山蹈海之事。我为此搞懂了
今日的衰败，杂乱之景象，为什么比比皆是。


10


我就此不得不用语言的辨证法把思想模糊化；
我不说今非昔比，不说进化论拓宽了路。

没有谁能够挽留什么。应该消失的
都要消失；无法预料之事，不接受也得接受。

抒另外的情。或者仅仅是哪里说，哪里丢。
转身即遗忘。我其实不想让出游变成戏剧，
让各种角色在我内心混乱地说唱。也不想
用它们搭建布景，成为反复回忆的理由。

系心与此，我等于加入了穿凿附会的游戏。
我宁愿面对一条峡谷，几座山峰，把注意力
放在白皮松，岩石缝滴淌出来的水上。尽管我
知道就是深入研究它们，也找不出因果关系。

我不会像有人那样说"现在，就是过去"。
也不谈论前世今生，风云起伏的话。我
宁愿说，人生玄妙。甚至太玄妙，玄妙的不是
不断出走，是我来了，我看见，我没有留踪迹。

# 长途汽车上的笔记之四

——咏史、感怀、山水诗之杂合体

1

山川逶迤带来精神的盛宴。年轻友人

提供的机会让我南行千里。我走着、看着，

与一个个地点的对话，在于它是否

有遍地的绿色、似锦的繁花，古老的遗址。

我因此有幸看到你祖先的塑像，

还有他曾经镇守的城池，心中映出复杂的图画。

上千年以来，在这里，战争就像

变幻莫测的戏剧。和平一直是人们重要的诉求。

登上纪念他而建的楼阁，我能从空气中

感到萧瑟的历史气息，听到剑戟碰撞的声音。

我感慨你祖先的一生无论是生死战斗，

还是深唱浅吟，他都做出了让人敬仰的伟业。


人活着，还有什么比这样的人生值得书写。

有一瞬，我默诵着他的千古名句，

"郁孤台下清江水，中间多少行人泪……"。

想到作为后人你的确可以骄傲，睥睨世界。


2


站在两江汇流处，造字学显示古人智慧，

说明每一个地方都有每一个地方的骄傲；

他们的骄傲是什么；一个城池很少

被攻破的记录，还是旧的城墙仍然巍然矗立？


"逝者如斯夫……"自然的八景已经消失。

我能够感叹的只有他人的才气，

吸引作秀者，

亵渎圣贤——没有道德的人，总是标榜很讲道德。

指点江山，一只铜鼎的来历说出了细节；

背负着漂泊的国仇家恨——不忘——

成为一代代人内在的自我告诫。唤起我的共鸣：

那些失去故乡的人们，只有在语言中营造家国。


带来让人唏嘘的命名——有一瞬，我望着望着，

眼前出现幻象：大漠飞沙走石，铁骑席卷千里。

它使得地图的说明显得多余。倒是宿命论

浮现出来——一切皆是定数，就像时间的盆景。


### 3


正是这样，加速了我大脑转动的频率

（既是地理的，也关于教育）。尤其是

看到介绍一个女人不炫耀容貌，放弃亲生骨肉。

我知道了一个人与政治的距离：没有决绝之心。


以至于面对她大难不死，我感叹造化神奇

——在苦楝树和盘根错节的老藤中

隐藏自己，是自然在庇护，与得道多助无关。

有关的是，如果不熟悉地形，追踪就是迷路。

是陷身穷山恶水，成为大自然的笑柄。

命丧黄泉是平常的事。关键的是

不能得到"马革裹尸还"的荣耀。太多的冤魂

变成植物的养料。说明有的"真相"不是真相。

## 4

我更愿做的是不谈论这些，它们太复杂了。

尤其是天空突然降下倾盆大雨时，

我宁愿坐在茶馆——不让各种残酷

的画面蜂拥而至，刺激神经。但它们的确太多。

使得我的观看就是赶路——

从一个地点到另一个地点，地理学的知识

不断被补充，语言的比喻多次被改正——

在这里，我发现自己就如同被抛入深湖中的鱼。

作为局外人，我从来没有了解清楚

这是为什么——我不能理解的是人与人之间的

杀戮，可以创造出层出不穷的花样——

单个"人"面对它们时太像梦；脆弱的词。

5

这当然不是我彻底虚无了，而是我读到的
频繁的族群迁徙故事，无不与战乱有关，
都是最后把异乡变成故乡。没有变化的只有山水
——我看到的，与那些逃亡者看到的是同一条江。

那么，他们现在勉力维护的到底是什么？
世界上最大的钟楼；它的建造意味深长。
从我的立场看过去，其中充满对"消失"的紧张。
彻底的唯物，到后来却依靠唯心救场。

让我看到选择的滑稽；看到精神怎样
转化成为物质——当这样的心境
变成生命中的结，无论发生什么事都可以理解。
我理解的是：反动，不仅仅是理论，也是事实。

# 6

因此，对于我，语言与现象的关系，
就像高速公路与逆向行驶的汽车的关系。
我恰好看到这一情景。需要谈论的事，
无法找到准确的词；我能说明的只有时间残酷。

大荣耀不存在。理想主义带来的全是错觉。
人在大地上添加的任何东西，都不过是速朽之物。
永恒（比天下第一树还永恒）真的存在吗？
在这里，一切都带着自我申辩，自我挽留的意味。

要求我迅速离开。新交通日行千里的速度，
让我进入另一个省份；哪怕仍在旅途中，
味觉的满足告诉我，并不一定弱肉强食
生命才延续；尤其是欲望不被冠冕堂皇地说出。

我就此理解了不能胡乱地度量人性。今日的
同路人，可能成为明天的敌人。这样的事

一再发生——兄弟阋于墙——庆幸的是，

我从来没有想过寻找如何做人的幸福。


## 7


说到底，我仍是匆匆过客。无论是郁孤台，

还是大井、叶坪，在我的眼里，"青山遮不住，

毕竟东流去"。我清楚的是我的现在；

应该信仰什么样的人间哲学。


答案似乎简单（与山水为友）。壮哉啊……

犹如一位山间旅店老板与我交谈说的话：

"静一生，闹也一生"。"人不可貌相，

实践的是自己"。"心意，能造就世间藏龙卧虎"。


只是我连这些都不关心。尽管不断观看，

已成为我生活的组成部分——

我将之看作生命的减负。到了东边忘记掉西边，

到了南边把北边抛到脑后。带不走的绝不带走。


如同这首诗仅是一次记录；身临其境，

我谈论河流、庙宇、权力与死亡。

这些非常绝对。

不过我知道，谈论是为了远离。

# 长途汽车上的笔记之五

——咏史、感怀、山水诗之杂合体

## 1

悠悠湘水，平缓而宽阔兮，千里奔流。
古贤在此漂泊，究天地之神秘兮，然终无收获。
我没有那样的奇志，只是过路的游人，
登上高大的防洪堤坝，免不了太息水之浩荡。

世间的俗事，用各种方法打击我的内心。
此行，就是逃避——三日的行程，
我领教了舟车之劳顿。不容易的是，面对河山，
渺小的感觉频频出现——我不懂得的仍是生命。

什么是终极安宁，什么是思后无思？

一座小城市，它火热的景象；绝美的饮食，
安闲的茶馆，好像提供了答案。我亦雨中
临水饮茗。但，内心深处焦虑的暗流却汹涌不息。

不是为前途，只是因为孤独。只是看到
历史千年如白驹过隙，二十一世纪
如风吹过一样，十年已经飘进迷雾般的时间渊壑。
沧桑的人世，已经把我的头发熨染成一片霜白。

## 2

噫吁嚱……巫术带来的玄秘——
肉身未腐的妇人躺在巨大的棺椁中。
她仍在享受的哀荣，是以科学的名义寻找不朽的
原因。我惊叹的是，缚裹她的锦绣华美无比。

——虚构中的另一个世界的荣华，
为什么总是成为人的终极愿望——无论东方、西方，
都生产同样的哲学——我不能不猜测，
穿透时间的韶乐，怎样由那些奇异的石头编钟奏响。

震荡我的内心缺乏光亮的幽晦角落，

我看到能够看到的一切——今日人世的繁华，

似乎不值一提。是不是这样，没有对超越的求取，

我们都会如她一样，最后成为一具空壳？


这太可怕了——以至我不能不想象，

她的灵魂如今在哪一个地方，是得到了安顿，

还是仍然在无垠的时空中游荡？我甚至

产生出这样的念头：她会不会在暗中窥看着我们。


3


至于慕名走进千年书院，置身庭园中，

我眼前出现讲学人的幻影。耳边响起读书声。

对"道"的寻找，曾让无数人皓首穷经。

但今天仍然只有想象还在想象。


谁，还在洁身自好？谁，还在广布善心？

"粪土当年万户侯"的人，比万户侯

还要封建——用心到极致。我觉得我能够赞赏的，

只是这里的山势，面水而开阔，有大气韵。

不过我一直私底下猜测，创立书院的人

并不是心志于此。我更愿意认为他们是想要纯洁

"种族的心灵"。可惜的是，它作为

建筑保存下来；仅仅是建筑，成为旅游目的地。


4


中途，终途？我不得不在这里宕开一笔，

对一棵千年樟树做出描写；它的树干上悬挂着

无数写满字的红色祈福布条；让我看到

古老的习俗——对高于人的事物表现出敬畏之心。


神秘的终归神秘。不能解释的仍无法解释。

如果"我承认我历经沧桑"，这棵树

经历的沧桑可能是我的十倍。面对它我禁不住猜测，

它目睹过什么？它因为目睹而感到悲伤还是欢悦？


如此的猜测当然有些抒情。不能不抒情。

当我看到以它命名的老祠堂，从介绍的文字发现，

一个家族一生二，二生三，到了今天

繁衍得庞大无比；给我的感觉是，已经庞大到拥挤。

兴衰荣辱，生生死死，它肯定看到过太多。
以至于我突然产生这样的想法：它其实并不想看到。
如果能够像鸟一样迁徙，它也许会离开。
我甚至觉得它应该像我一样，在大地上到处漫游。

## 5

当然，对我更重要是，入夜歇息，
住进木构的吊脚楼，隔壁酒吧欢歌阵阵灌耳，
搞得我不能凝神读书，只好坐在阳台上，
望着黑暗的夜空发呆，默数着透出云层的星星。

云的移动中，我想到浩淼与逼仄的关系。
也想到在纵轴的时间之点上，
发生的人的事情——国家、社稷、民族，
一个具体的事例是：一个国君与他的两个妃子。

凄美的"斑竹一枝千滴泪"曾打动无数人。
我也被打动过。只是当我去了发生传说的地方，

走过枝叶摇曳的竹林，看到的却是当地人
对商业的狂热之心——连孩子们，也成为兜售者。

但是我不能说他们错了。就像我不能说
那些唱歌的人错了——在灯红酒绿中，
他们寻找精神的沉迷，其中有对生命短暂的理解。
是不是一种自我挽留呢？我倾向于如此理解。

6

哦，真是没有什么不会消失——城头山，
埋在泥下的土城把文明的历史向前推了两千年。
站在杂草丛生的山坡上，用目光搜寻，
我看到的却是荒凉——坍塌、沉陷，早已经发生。

"风中的部落轻轻摇晃"，"年轻的狩猎人
在惊恐中颤栗""从天而降的大火
一直烧到天上"——有一刻，这样的诗句
神秘出现，就像谁硬是要把挽歌安放在我的心底。

场景、场景……一个残破陶罐，一瓮石化

的骨头，一堆燃烧的灰烬。说明着什么？
"消失来得太迅速"。我真正注意到的是一簇野花，
几只蜜蜂——它们，在我的眼前呈现出安静的美。


向我暗示来到这里的意义。修正我在坑洼的
乡村公路上颠簸出的怨气——哦，我来了，我看见。
这真的重要么？对它们的了解，
真的会彻底让我知道，自己从哪里来，又到哪里去？


## 7


而到达昔日的战场，我的想象一再加速；
我希望能够穿越时空，走近几场惨烈战事；
看被血染红的江水。目睹几座城市
街巷里的厮杀。它们的意义被朝两个方向书写。


所以凝视，而不是凭吊；思考，而非赞美
——我努力想接近的是战死者的思想，
他们如果能够从死亡中站起来，就像
古人虚构的末日复活者，会如何评价自己的死亡。

他们会不会说自己死于大义？我的疑惑

是绝对的——邓恩说过"不要问丧钟为谁而鸣"。

那么，除了死亡的导演者，我能否把

死亡绝对化；死于非命，没有正确和不正确的分类。


尽管如此，我还是站在成片坟冢前心如石头入水。

万物中，只有人才会大规模的同类相杀。

只有人才会为杀戮的行为堂而皇之命名。

想到此，我不能不心涌悲恸。不能不，泪洒衣襟。


8


这就是迷濛……。就是千百年来，

面对世界，人一问再问的原因。现在我这样问，

是对别人问的呼应。形象清晰的人是谁？

是投江而溺的屈子，还是客死舟中的杜子美。


做他们的追随者。一步步，我寻找他们

的足迹——湘水、沅水、澧水，水美而泱漾兮，

如斯千载。但我要的不仅是这个，我要的

还有走在这里，蓦然获得，灵魂之门的悄然打开。

悟、顿悟。它能是绵绵不绝之流水？

它能够让我独自的旅行，犹如与众人同行吗？

角色不断转换，在白天，我是一个"我"，

到了夜晚，我就是一个民族；他的男人与女人。


如果有喜悦，我分享喜悦，如果有悲伤，

我承担所有的悲伤——我的确害怕，一入歧路，

情感全如风流，人事辜负河山。

就像我希望我认识的人，不会"尔曹身与名俱灭"。


## 9


它是不是告诫呢？犹如凌晨四点

旅店提醒服务似的告诫，把人从睡眠叫起来；

有多少未知事物，就有多少灵魂的困扰。

有多少没有落实的情感，就有多少失落和痛苦。


使我们不断在命运中赶路，朝着下一站。

表面上，每一次都是重复，摊开地图，

查找地点，设计路线，买票，上车，寻找旅店。

分析、审视、观察。然后得到满足或加倍失落。

那么，解决之道又在何处——
我们能不能反其道而行之，把动看作不动？
这里、那里，大地上的漫游就是回家。
就是面对时间说出：我的身体就是我的国家。

而其他的一切，把它们交给虚无——
不管是到达，还是离开，不管美丽还是丑陋
——存在也是不在。正是这样，
对于我，一次旅行或许真实，或许，仅仅是虚构。

# 长途汽车上的笔记之六

——为阿西而作

1

旅行又一次开始；从通州出发，

经过秦皇岛、山海关。一千多年前，我们

应不断出示通关文牒，现在轻车奔驰，吱溜，

就过去了。一日千里，傍晚已经到达高句丽。


各种王的故事浮现；残暴的，孱弱的，

还有美丽的嫔妃，当谈起他们，就像谈论

路边移动的景色：一座平缓的山，一个湖泊，

绝对神秘。我说，一眼就看出南方与北方的差异，


不单体现在气候上。还在于人口的密度，

这里，几十公里不见房屋，让人感到大地干净，
像处女。而秋天，显然来得太早了，凉风轻吹，
给我们澄澈的天空；几朵轻如灵魂的白云。

甚至小城也是这样；一顿简单的晚餐，
让人生出快活如神仙的感觉。对贫穷
理解的指数亦做出下行调整。等躺在简陋旅店
的床榻上扪心自省，一幅幅画面叠加在了一起。

2

一路上，我都在琢磨老虎，希望看到它们
从茂密的树林中突然窜出——横道河子，
一个我童年时广泛宣传的英雄，在此演绎的
故事——只是时过境迁，我没有听见虎啸山林。

恍惚中枪炮声和机车声传来。把这里变得
不真实。时代哪！已经翻过了很多页。
在小饭馆，鸡蛋卷饼，麂子肉汤赢得的赞美，
把我们变成了饕餮之士。说明生活必须继续。

不是这样吗？"易主之事，他们从不关心"。
"我曾经走在一眼望不到尽头的荒凉路上，
心里被绝望包围""也曾经幻想，
如果有一个馒头，我就是世界上最幸福的人。"

"可是，因为离权力中心太遥远。我不得不
远行一万里，在生意场上寻找晚年的安宁"。
"在孤独中穿过贝加尔湖，被寂静折磨的
几乎失去魂魄，以至于人都搞成了数学问题"。


3


我因此不得不说，进入一座奇异的城市，
教堂增加了它的肃穆气氛，进入高大穹顶
的祈祷大厅，无神论一瞬间飞出了肉体，
我应该怎么祷告，祈求神祇保佑我事事如意？


或者，请他留下城市的魂；那些古老建筑。
我喜欢坐在挂满老照片的咖啡馆里，
与友人聊天。也喜欢在江边的长堤上漫步。
浩荡的江水，我把它看作一首壮丽的史诗。

它记录的血和泪如果仔细聆听，太多了；
会挤痛我们的耳朵。恍惚中，我能够
看到刀在空中划过的弧线。一张张狰狞的脸
像乌鸦一样飞过我的眼前。让人非常恐惧。

一种深入骨髓的痛——关于丧失。关于
游移不定的历史叙述，像空中飘浮的酸奶味。
灵魂，已经被殖民了。我还能说什么呢？
难道要我说大列巴、格瓦斯、马迭尔和果戈理？

4

我因此想到另一次旅行；左边是陡崖，右边
是千仞渊壑，咆哮的流水穿透机器的轰鸣，
把我的心淋得焦湿。我想起了古人的诗句：
"此去前路无知己"。有什么呢？盲然和不安。

奈何桥也不过如此。一车人在碰运气。
只是，一个女孩脸已经在害怕中变得惨白。
一位老者，嘴里不停地嘀咕菩萨保佑。

我看得出他不是一个信徒。不过是临时抱佛脚。

我的心里同样上下打鼓。转移紧张的情绪，
我两眼盯住窗外不断变幻的景色。一只鸟
突然出现，一掠而逝，一棵巨大的树扑进眼睑。
对它们使劲的琢磨，也算改变了注意力的方向。

只是我仍然在想为什么？一次旅行的意义，
到底是什么意义？目的地不是世外桃源。
商业性的鼓吹，是这个时代的拿手好戏。
真值得我们在路上如此颠簸？

## 5

肃慎、扶余、渤海国……，名称的变换，
充满血腥——逃亡的路线，具体战争的遗址，
已经使我停下脚步的次数太多了。每一次，
都使灵魂震憾。能活下来的人，都应该是智者。

只是那位立"土字牌"的人，我仍然不知
怎样谈论他。登山望远，当大海可望而不可即，

我就像已走到大地尽头。左右，太逼仄了。
修正着我关于骄傲的认识——辽阔，同样是绝境。

就是文字亦受到羞辱。纵使没文法，多歧义，
仍然说明了一个事实，在这里，恶曾经战胜善。
带来无比哀痛的歌曲。让扩张者的后人，
重新回到出发的旧地，变成了回到故乡的异乡人。

似乎阐释了这样的道理，可以书写的，
都不值得书写——暴力、屠杀，生命的突然丧失。
如果留下来的都是教训，还有什么美好
可以谈论？如果山河依旧，人事，的确没有意义。

## 6

我喜欢这样的地名：海古勒。历史在此
显示它粗糙简陋的一面；一座空陵，和古怪的
帝王名字。炫耀马背上的骄傲。只是现在
让我们看到曾经强大的部落，族人已全部消失。

连语言也没留下。历史在别人的篡改与修正下，

充满乱伦的血腥。人性以兽性的面貌
出现在我们眼里。倒是虚构的城在商业利益的
驱动下以此为荣。企冀永恒的人，被永恒抛弃。

正是这样，让我的想象朝向无限前进——
站在空洞的泥冢前，我感到箭还在树梢上飞行。
士兵还在寒冷夜晚的营帐里唱猥琐的谣曲。
大萨满们，还在用乌鸦的血施咒于敌人的灵魂。

而真相在真相之外。回溯的理论，不可能
还原什么。曾经的繁华，我从不将之看作繁华。
一块随手捡到的瓦罐碎片，什么也不说明。
这里，仍然是树林苍莽，是英雄失去用武之地。

7

它培养悲哀和仇恨么？站在易名的
土地前，看见到处矗立炫耀的塑像，
历史的画面再一次弥漫在我的大脑。
辽阔，变成无能的同义词——如此荒唐和荒凉。

什么是民族主义，什么又是世界主义，

这是必须思考的问题。没有思考这些问题的能力，

谁有资格谈论它？哪怕成为

有钱人。哪怕能够在舞场观赏异族女人表演艳舞。


美好的胴体，激起的不过是动物性的欲望。

但是在这里，轻蔑是反向的；消费的人

就像入室偷窃的贼；出卖肉体谋生的女人，却高傲

地把观者看作卑贱的人。而这是什么样的悖论？


所以，我只有深深的叹息；大好河山，

我痛惜它的美。水墨画的海湾，一望无垠的森林，

它们都是我记忆中的处女地。

掠夺者的后裔，庆幸自己远离了。


8


他们不这样认为——他们，披甲人，

觉得自己是被国家抹去了形象的人。或者仅仅是

国家的伤口，需要语言之盐彻底清洗。

面对他们，同情解决不了问题，不如干脆唏嘘。

我在心里做分类学；不同的国家意识，
命运，朝向不同的方向，使反对和拥护都是重罪。
不用想象谁能看到返回的必要性。"有了鱼子酱，
谁还要鱼"。在共同的语言中，才能找到归宿感。

不过要了解他们，门票犹如打劫。在人挤人
的山道和山顶湖泊，风景改变着人与自然的关系，
热爱等于破坏。我看着说明文字心生悲悯，
消失啊消失。我忍不住想做批判者，不原谅任何人。

甚至不原谅自己的虚无感。把诅咒用在
对遗忘的处理中；太多的人忘记了自然没有原罪，
哪怕这里夏天暴热，冬天，石头被冻裂。
当我们转向其中，仍然应该满怀探究之心去理解。

9

所以，不管是入关、出关、登山、临海，
我总是在壮阔的大地上，思想自己
没有成为被围困的人，不是细菌实验的受害人。

也不幻想变成因为女人，最终冲冠一怒的将军。

我只是记住了很多地名；绥芬河、图们江。
看到了地理的丰富——真是太丰富了；
望不到头的玉米地和辽阔的森林，当我凝视时，
总是犹如凝视创世图，让我愈加感到自己渺小。

太渺小……我不可能像剥洋葱一样，
把历史层层剥开寻找事物的真相。非要提出问题。
我宁愿这样询问：当时间把一切变成艺术品，
我们还需要什么——成片的玉米，抑或一座岛屿？

我知道，迁徙只是梦想，憧憬才是现实，
它能使我的内心修起一座绵延的长城。
在城堞之上，让我的观看如被闪电一样的意识
击中——来与不来这里，我将是不同的两个人。

# 长途汽车上的笔记之七

——咏史、感怀、山水诗之杂合体

## 1

在黑暗中出发。穿过节日的大街。

这是一次向故乡的旅行。蜀道，如今不再难了。

当黎明来临，我们已进入秦岭腹地，

穿过一个又一个隧道，下午已经到达千年古城。


扩张使尘土遮天蔽日。新街道呈现旧面貌。

如果不是导航仪，我们会找不到进入村庄的路。

记忆，在这里完全丧失。等见到已坍塌的

不成样的石砌拱门，几段残缺的墙堞，才恢复记忆。


"太脏了"。这是我站在巷子里说出的第一句话。

垃圾堆在墙角、臭水四处乱溢。

直到走进叔叔的院子，听到看家狗的狂吠；

直到在叔叔的招呼下坐进厢房，心里才稍为平静。


寒暄、喝水。再一次走到院子中打量，

仍然没有找着回到故乡的感觉——"墙上的紫藤

爬得很好嘛"。"这棵泡桐长得很不错"。

我知道，说这样的话，不过是没有话找点说辞。


2


宽阔的、浑黄的水，永远的急流。

历史如果写在这样的水面上，我们能看到什么？

在我身后，一座古城已经消失，仅留下

十几丈坍塌的城堞——蒿草在裂罅处茂盛生长。


隔河相望另一个省，祖先们怎么西渡？

羊皮筏在急流中艰难漂移，有没有落水而亡者，

族谱上没有记载。不过，这条河吞噬的

生命太多，面对它我只能敬畏。甚至心存畏惧。

怎么能不畏惧？泛滥的水不只一次

淹没大片土地，离我老家的村庄只有一里；

出门就能望见水之浩淼连接天宇。

在它面前，我就像假和尚骗人的佞语。


如果必须说点什么，我能够说出的是，

站在古老的渡口，我真的是"心事浩淼……"。

奔流的水就像不断提出问题："我们从哪里来，

又到哪里去"。犹如提出我们民族的哲学母题。


3


他对我讲家族的分裂；田、墓园、宅基地

的争夺，使亲情彻底消失，没出五服的亲戚们，

如今已"鸡犬之声相闻，老死不相往来"。

而供奉祖先的祠堂，已近坍塌，却没人出面修葺。


使我沮丧。走在巷子里，我更沮丧。

半边房已经看不到了。新修的建筑，

把丑发挥到极致。哪里还能找到我熟悉的一切，

坐在巷口闲谝的女人，或者，垃圾中刨食的狗？

分割，扩张，曾经安静的墓园已不再安静，
被距离不到五十米的高速铁路打扰。
当我拜谒时，想到地下的祖先不可能安眠，
他们被火车巨大的轰鸣声打侵扰，肯定会不断吃惊。

让我觉得在这里唯心不如唯物。
如果有另一个世界与来世，
"那些手握燃烧的灰烬，在永恒的黑暗中赶路的人"，
我不知道，还能拿出什么东西去与他们相会。

## 4

玄武、朱雀。城中瓮城。正史没有记载的，
我们在稗史中寻找；统治者玄歌曼舞中发号施令，
两个丰腴的女人，一个把廷臣当成了药渣，
另一个的娇嗲，差点将丈夫的王朝搞得改变姓氏。

谈论她们，上千年从来没有停止，
已经成为国家的变形记。虽然我没有加入谈论，
那是因为"祸从口出"束缚了我。

要不然，我会这样说：她们的世纪是香艳世纪。


也是审美与审丑并存的世纪。我并不愿
提到那样的世纪。就像我读家族宗祠里的楹联，
"礼定三千周制度，仪成四品汉文章"，
要是以此作为骄傲的资本，肯定就成了不孝之子。


看待她们，我宁愿以看待传奇的目光——
也以这样的目光看待一切——华岳庙街，少昊寺，
玉泉院，在我看来所有的供奉都反对精神；
不过是说明，此时此刻，寻找自己成为更难的事。


5


学习永无止境。丢失的秘密必须找回。
只是，我还能找到装在黑木箱，搁在炕头上方
木架的线装古册吗？还能找回心无旁骛，
抄写古老典籍，把圣贤的精神教授于人的事迹吗？


我觉得他已隐匿，把自己逼到陡峭的山顶，
从夜空中采气。那些绝壁上的云蹬，那些洞穴，

曾经是一种精神——选择远离人群的方式，

在孤寂中把信仰搞得比一座山还要坚硬。而寻找他，

就像夜晚用肉眼观天象；总是隔几层。神秘，

无力把握其中奥妙。使得街头巷议中的猜测、推衍，

口口相传，演玄而又玄的故事，把他一再神化，

成为传奇——拜慕，曾是乡俗，曾是我的敬畏之源。

只是，我与他之间隔着的巨大罅隙，

肯定已无法修补。因为家族中大多数人对他的朝拜，

不过是以自私为出发点。而不是

看到他的恒心——对尘世的纸醉金迷彻底放弃。

6

这是前车之鉴……太多了，只要回溯，

我们总能看到，毁坏、重建、衰败、兴盛，

在这块土地上犹如月亮运行。甚至让人产生幻觉，

走在路上，都可能碰上天降灾祸，或者意外之事。

我当然不想这样。就像我不想翻阅典籍，

读到的都是狼烟四起，城池焚毁，

连道士都被追得像逃窜的兔子。至于杀戮，

不光是战争的杀戮，还有权谋带来的兄弟阋于墙。


如今，哪怕站在一片空旷的田地里，

脚下都可能埋葬着死于非命的人。

或者埋藏着王侯将相。正是这样，当叔叔告诉我，

老宅下隐藏着几百平米的地穴，我没有一点吃惊。


只是转而想到一代又一代人，在纷乱世道，

拚命求生，非常不容易。就凭这样的事实，

我应该说些什么？"我们哪怕非常小心，

仍然会踩在别人的尸骨上"。"肯定是唐突的事情"。


7


自我纪念和血脉的保存是困难的。

当我的叔叔说，"逊"和"孙"，不断地迁徙

改变一切，意谓着，在走中迷失了自我。

我说，这重要么——重要的，不是意义，是真相。

所以我不谈论曾经的辉煌,"一巷一坊,
秩序井然,日日人声鼎沸,马鸣车喧"。
我谈论的是,一场大火、几次战争带来的饥馑,
最终把人逼成大盗,使斯文尽逝,辱没了先人。

让我只能哑然,思想人性的因果关系;
对路上碰到的族人在面相上寻找善恶的蛛丝马迹。
可怜的是,善是一种能力。应该
带来现实的秩序,而不是对混乱和肮脏熟视无睹。

为此,我必须读史;坑杀、腐刑、流徙,
制造了太多可述可泣的事,让我不相信盛世之说。
就像我从来不认为吃饱了肚子便是幸福。
鸿毛与泰山,不仅仅是比喻,还是切肤之疼痛。

8

但我知道,仍然是对"道"的迷惘,
使我不断想到骑牛消失的人,一缕青烟千年不散,
萦绕在我眼前。但是"无为而无不为"
我们做到了吗?关隘、街衢、店铺,让我看不出来。

搞得内心的城池重门叠户，犹如迷宫。

还在作为目标的不是逍遥游，也不是终南山隐，

而是把信仰物质化；靠山吃山，靠水吃水。

以至于荒凉也被做成风景，被迫展览强辞夺理的美，


和单向度的前途。使得我抚摸斑剥的老墙，

头脑中已经还原不出任何古老的场面。

它们已经是只能在想象中出现的空中楼阁，

高悬在精神的晦暗天空，告诉我，仰望不过是赎罪。


## 9


我不得不因此想象转向；千里外的成都。

父亲被迫的逃亡，改变了他的一生。

虽然口音一直没变，但是动荡的经历

已使他成为另一个他——自己家族变化的旁观者。


没有他就没有我。这种事实的内在含义是什么

（我，其实是逃亡的产物？）归属感，

必须落实的观念，成为不断纠缠我的观念。

认祖归宗的过程,变成感受边缘化的过程。可怕吗?

可怕……。越是具体地面对具体的土地,
越是体会与之距离的遥远。对于我,不论是叔叔,
还是堂兄,接触得越深入精神越是疏远。
我不喜欢这样的感受,它们的出现的确相当残酷。

来,就是为了离开?这是无所归依的永久的逃亡。
我能否如此理解?旧井,巷子拐角的石头,
它们的旧貌也是新颜;也是偏离。我了解到的
情况是,自己似乎已经丧失了精神上回家的可能性。

## 10

如果我说:现实的速度犹如狮子
在嗜血的路上狂奔。意思是,我必须无奈地承认,
每次回乡都是自我清理,也在把我推向
更远的远离。我只能说对家族了解得越多,失望越多。

因此返回出发地的旅途——太乙宫、青铜关,
——让我失去了观赏风景的兴致。

我心里计算的是空间与时间的关系；一公里路到底
花费了多少时间。它们与我的生命构成什么样的关系。

分析得越清晰，越看不清。
我甚至怀疑自己是不是叛逆者。离开几十年，
骨头里再也没接收到老家的地气。
使我意识到，回乡已不是翻越秦岭山脉那么简单，

也不是跨过南北气候分界线那么明确。
意识、习惯、地理、环境、社会，构成了樊篱，
也建筑了我认同的人生。我甚至觉得，这样的老家，
回不回去没有关系。虽然，我并不愿做叛逆者……

# 长途汽车上的笔记之八

## ——咏史、感怀、山水诗之杂合体

1

穿行在中南群山之间，是蜿蜒的流水。

停下来，则犹如把一块石头垒在沟溪。

用这样的文字开始变化的诗篇，

是因为，伟大的风景打开了我的抒情之心。


别人呢，用沉默来赞美，或者，是在等待

更恰当的言辞？当我终于到达山峰顶部，

极目远眺，平原纸一样铺开。栉比鳞次的村落，

就是文明果实？我仍然没有听到别人吐露心声。


其实，我也不想再说什么了。

我知道接下去还有更多的事物会带给我惊诧。

现在，要在一片寂静中留下什么呢？

留下这些文字。我不能肯定它们最终的意义。


过客。这是事实。我想到一年来

总是跋涉在路上。好多走过的地方都已忘记。

有一些地方就像印痕刻在了记忆里。

这样说吧：它们构成我的生命，包括别人的。


2


高大的墙、巨大的拱门。夜晚的灯烛

照幽暗的护城河水。当我慢慢踱步在瓮城中，

恍惚中飞箭来袭。想到一个红脸的人，

大意中失去性命。历史，真的不能重写一次。


留下的都是风景；博物馆里的剑器

只能在玻璃罩中生辉，映照出我们生活中的平静，

也平庸，不管是男女之间的亲昵还是争吵，

不过是鸡毛蒜皮，从来不轰轰烈烈，写不进历史。

能写进去的都是血和泪。同一个城角，
房子盖了扒，扒了盖。匾额上书写的记述文字，
如果认真对待，就是鬼魂的呻吟。
尤其夜晚，当我走进去，阴森气息扑面而来。

让人记起关于山河的说辞；
反反复复。一切承诺都在谈论家园与花园的关系。
只是越改造越破碎，我们从山顶俯瞰的土地，
犹如打上巨大的马赛克，光线折射下犹如多棱镜。

### 3

我因此站在滚滚流淌的长江边，
望着江心岛上的庙，猜测谁能够把自己一生
放在那里，日夜听惊涛拍打的声音，灵魂
却在寻找避世的宁静。他们不怕被大水席卷而去？

这太像刀尖上讨生计。那些僧侣就此目睹的一切，
也许是壮丽的；不一样的日出，不一样的落日。
只是我不相信他们相信的道理。
我感叹的是：建筑在江中的房屋，本身就是奇迹。

太多奇迹已经消失，转成蹩脚的演义。

以成败论英雄，让我看见所有想恢复旧秩序的人，

不过是跳梁小丑。仅仅是一种廉价的消费。

后来者，只能在臆想中发现什么叫语言太不靠谱。


被支配的想象力，天马一样行空，留下的

比荒诞剧还荒诞——我怎么也不能相信

仅仅依靠想象，就能挽留消失的一切；

那些逝去的人，终究已是鬼魂。属于形而上的空虚。


4


至于过江、再过江，"跃上葱茏……"，

甚至走进不识真面目的群峰深处的仿欧小镇；

一处避暑胜地。让我们漫步在

隐蔽于茂盛大树掩荫的别墅之间，就像在探险。


兔死狗烹、清君侧、乾纲独断，卧榻之侧，

岂容他人酣睡。这些词汇在眼前晃动。

好与坏、新与旧，大地的灵秀与历史残酷形成的

对比，不能不让人再次感叹：诛心，皇权的奥义。

我也看到有人选择退避，虚构乌托邦。
我因此对他有兴趣；他走过的山道，
我愿意重走；他吟咏过的景色，通过仔细辨认，
我希望它们仍然存在——诠释了"理想"一词。

也诠释了"代谢"一词。语义，都在词的外面。
只有这样，才能解释人事与自然的关系。
只有这样，我们才不会把绝望看作
蚀骨之蛆；尽管不少时候，绝望已经是蚀骨之蛆。

5

但是，我仍然纠结于目睹的事实；不普世，
连诗人都摇身一变成为枭雄，谋划战事，
代替了吟风弄月。让我看到人性中嗜血的一面。
或者是在说明，我们必须矛盾地看待一切事物。

那么，屠城也是吟咏，追杀也是安排韵脚。
仔细阅读，甚至让我产生这样的错觉：

语言的平仄中，一平就是一把刀，一仄犹如一支箭。
再不就是，音韵的转换隐含了杀戮——死亡的变数。


如此一来所谓的思乡、怀友、吟咏河山，
需要另外的解读——"浪淘尽千古风流人物"。
真的淘尽了么？民族的潜意识，到底
存在着什么？作为问题，是不是由这样的东西灌注？


怀疑、猜测、反思……。身临其境，
向我揭示的是才华的放纵——人的美，也是人的恶
——拜谒，同样是受虐。这里面有真正的残酷
——我们喜爱一个人的文字，却厌恶他的行为。


6


所以那些托孤，断桥之吼；那些割袍绝义，
我只能当戏剧观看。它们草船借箭，挟天子以令诸侯
也没有换来一个更加干净的世界。
这种事，就是再问一万次天，仍然得不到答案。


反而，越是想改变，毁灭的隐患越多；

巫山云雨、赤壁咏怀、月下明志，犹如把汹涌

悬挂在我们的头顶上。回家梦，

只能成为梦；纸上臆语。连谈论都变得格外困难。


必须托付给谎言……。那些歌颂，

不断给城市涂抹重彩的行为，解决了什么？

仍然没有找到的是人的位置——面具，成为蛊惑。

不过是想把时间也分出立杨，地理也分出阶级。


只是自然有法则；旱和涝，热和冷，

成为一幅幅风景画，让我们不得不欣赏。

就像看挖沙船挤满的河道，然后感叹其中的

贪婪和野蛮。然后说：认识在这里拐了一个大弯。


## 7


这当然使我们见到的事物更加复杂。

不愿这样，我其实已回避很多事物。

譬如面对周瑜，他风流倜傥，却碰到了克星，

一条命过早辞世。搞得对他的扼腕叹息千年不绝。

有人这样评价他，不审势，或者太自恋。

我不同意这样的说法。我觉得关键是他

没有审时度势。

所谓用笔杀人，对于他就是引颈受刀，敞胸迎剑。


而我对他的认识是，少年得志，

在一人之下，万人之上，这样的情况成为他

不得不死的原因。一点都不吊诡。

说明的不过是出头鸟的命运——平庸之死。


说明有些人其实不需要晚年。连一座坟冢

也不需要。如果我们还想着寻找他留在世上的踪迹，

不过是想象大于现实——只能奇怪。

或者只能虚构他；就像所有的神都在虚构中存在。


## 8


我知道，有人的感受与我不同，

他们眼睛看到的一切，只是文明的另一系谱；

柔软的水一样的智慧——其中，最醒目的特征是，

随着时间流逝，连恶魔也能得到盲目的赞颂。

"他们没有信仰，所以到处修建寺庙"。

"他们的神五花八门，有让人迷惑的名字"。

是否反驳这样的说法？我不能不想到

进过的很多寺庙，见过的神像，的确数不胜数，


菩萨、天师、大帝、关公、燃烧的烛火，

缭绕的香烟。不管人们的拜慕有什么样的动机，

作为现象我只能用壮观形容；我不得不

目睹的盛景。尽管，我从来没有赞赏过这样的盛景。


反而一再拒绝。当然，有时我会赞美

某一座寺庙的建筑——它可能悬在陡峭的崖壁，

也可能矗立山顶。我佩服那些无名的工匠，

在哪怕一个门墩，一处翘檐，亦留下虔敬的态度。


## 9


而努力在跪拜者身上辨认，还有多少血性

遗留在他们的身体里。巫术的神秘造就的

敬畏，还能让他们面对世界保持怎样的

探险精神？我看到的是：呆板、冷漠、愚钝。


不是批判。不是一杆子扫倒一大片。
朝圣般的拥挤，一再把我们往荒诞之境中推。
自我的消失，总是在这一刻发生。
当说到"安全"这样的词，实际是找不到自己。


就像好多人找不到自己的魂，
只有热爱经济，赚了赔，赔了赚，事物的保存，
在反反复复中面目全非。以至于一个人
除了名字还是旧的，早已经成了另一个人。


故乡也是另一个了。如果我们还假装自己
是一个古老民族的后人，身体内还携带着很多
过去；它的骄傲，它的优雅。已经成为
死亡的文字——书写，不过是与痛哭一样的行为。


10


因此，应该怎样结束这次书写？
短暂、繁乱、疲惫，还有很多涌入我眼里的事物

没有在纸上列出。譬如一场大雾

挡住我的眺望，曾经惨烈的战场飘成了雾霾。


还有面对岔路，向左还是向右带来的不安，

让我做出后悔决定，与伟大诗篇描写的地方错过，

造成的却是它带来的文字幻象；

马的嘶鸣，人厮杀的吼叫，不停地在我眼前晃动。


真是事与愿违。我本来希望一场戏落下大幕，

但是还得望梅止渴。有些回避的事物

也许更应该记述——沉船、东风、铜雀、女人的美

带来的一首挽歌。以及一首挽歌带来的另一首挽歌。


让我对宿命一词有了新的理解——很多地方

我可能永远到达不了；有些地方我总是

一再擦身而过。"到达一个地方就失去更多地方"。

"'在'与'不在'成为我们永远的困境……"

# 长途汽车上的笔记之九

——为张尔而作

1

计划之外的旅行带来的是什么？

不设计路线，走到哪里天黑，就在哪里歇息。

经过崖山，失败的情绪扑面而来，

就像当年最后的溃败后，那些蹈海赴死的宋人。


谈论他们，有点扯得太远，像掸花子。

这样说吧：失去一个人，就是失去一个国。

对于感情至上的人，这是同质的道理。

当苍茫夜色围拢身体，就是伤感如菌进入血液。


不用再多说了！下一步是到哪里？

走吧走吧，也许到天涯。选择，实际是忘记。

在辽阔的大地上，寻找理想的人生。

尽管很早就已经知道这是自我欺骗。但很需要……


就像山鸡需要树林。野鸭需要湖泊沼泽。

哦！在陌生的地方，在浪游中沉睡。

不再去想明天。明天、明天，应该是什么呢？

是猛虎下山、蛟龙出水？明天，是一日千里。


2


车出事，不得不在海边城市停留。

这是天意？穿过一所大学，登上一处古炮台，

隔着辽阔水面眺望几座岛屿。看到了什么？

孤悬的海市蜃楼，幻景，变成现实涌进我的脑海。


克虏伯炮、海战、覆没、耻辱条约，

这些作为介绍文字被阅读时，扑面而来的风

亦没有吹散心中的热。

瞬间的民族主义。

恨生不逢时。壮怀激烈找不到出口。

只好悻悻然抓起手机胡乱拍照——歪脖子榕树，

杂草丛生的掩体，海上横向移动的游艇。

当然也自拍，以纪念到此一游，没有白来一趟。

### 3

多少年来，个人让位的认识，

左右我们，潜意识一碰，想象变成律条。

到了真看到别人的生活优于自己，

会寻找上万种理由，把对方贬得一钱不值。

以至于有时候我面对风景，

不是欣赏它们的美，而是想到存在的意义

——如果我没有面对它们，它们的

存在是没有存在；它们的美亦不是存在之美。

只是一个人能到达的地方有多少？

那些隐蔽的，没有名声在外的地方太多了。

就像在南澳岛，不是走错了路线，

我哪里能发现隐藏在海湾的古老村镇的安静。

依山傍水的石屋，供奉神祇的彩塔，

与环境融为一体相互衬映；当地人

生活中的自我陶醉，无论怎么看，都像桃花源。

似乎告诉我，在世无名，是一种反时间的幸运。


4


两道关，分割出两种生活。没有选择，

我干脆以寄居的形式栖身在小公园内。

每日听民间演出，对混乱的声音

生出恶劣评语——这是有人用声音反对音乐。


典雅，需要环境。没有，只能投身

火热的现实中去。下楼走出大门，面对一家家

生意火爆的苍蝇馆，不激动都不行。

这是饕餮时代；是把成为饕餮者当作理想的时代。


喝不起茅台，我们喝牛栏山小二。

吃不起龙虾、螃蟹，我们吃小炒肉与肠粉。

我们还小赌怡情。更多的时候，

喝茶清谈，颇如古人围炉夜话，直到东方既白。


有没有梦呢？白日梦没有了。

有的只是在酒意中沉沉睡去。不浪漫不旖旎，

不止一次梦到自己身陷文字的包围，

四周漆黑，各种词闪着绿色的光在空中乱飞。


## 5


我应该谈论词？就像有人说

不谈论商业，人的意义在哪里？我们看到的

数不清的人；他们的身份由职业所定；

烟铺老板、饭店经理、假书贩子、包租婆和妓女。


总是带来我的分裂，我甚至假设

在另外的年代，我是烈士还是隐者？苟且一生，

壮怀激烈，我应该怎么选择？做俎上鱼肉，

或者扑火灯蛾。被迫的迁徙，我看到自己的改变，


就像有些人，明明知道行为是错误的，

仍然把公正这样的词挂在嘴上

——说明暴戾地对待自己，是可以的。

也说明没有纯粹的人性——纯粹……那是死亡。


带来我对一些事物的重新认识——

譬如面对无数代人称赞的山水，虽然山还是山，

水还是水，我看到变化已经发生——

索取，已经改变山水的性质，使之成为商品。


6


这是隐喻吗？不是。如果需要隐喻，

我应该登上莲花山，在山顶上回忆往昔。

然后说：时间过得真是快，一转眼

物是人非。一转眼我已不是我，你也不是了你。


我把这看作算术题，算了算，一千多天

等于几万公里，也等于我围着地球跑了几圈。

一万多天，则太复杂了；等于我穿越

几个朝代：封建，战国，大一统……


现实呢？嘲弄这样的事发生。现实是

我和朋友去了海边，对着反射阳光的大海抒情，

用修图软件美化风景，搞得恍兮惚兮。

把自己也弄得进入幻觉，以为目睹了神仙境界。


以为可以不理人间烟火。贫穷，算个毬！

一亩三分地的问题，是一个问题吗？

精神，精神哪！如果精神可以用物理来分析。

大脑空间肯定不是论米计算，是用公里统计。


## 7


玄奥、幽秘……布满了变化的图像；

如果大脑可以像仓库打开，展览于光天化日，

我自己看了也会惊讶。瞧啊，世间万物

陈列在里面——关键的是有我死亡多次的灵魂。


有人说："更多的人死于心碎"；

我把"心"改成"灵魂"。有时我为地名而死；

有时让我死去的是一次旅行；人让我

死去的次数则太多了；人的政治、经济、爱情。

我不得不惊讶我涅槃的能力——

死去一个农民，复活一个士兵；死去一个士兵，

复活一个工人；死去一个工人，复活一个诗人。

到如今，没有复活的是对人的彻底信任。


我知道，对人的认识是一门学问；

幽邃，近乎黑暗的学问，或者是比宇宙

更浩淼的学问。我虽然无数次想找到它的秘密，

结果每一次，都没有找到进入秘密的门径。


8


如此，我更愿意谈论衰败；譬如在大鹏所城，

看到门朽窗坏，墙断瓦裂的中式宅院

就像病入膏肓，容颜尽失的女人，我不能不

感叹时间的严酷，辜负了很多人想永恒的愿望。


使得一切扩张、占有，都指向空无——

尽管我仔细打量那些精致的雕琢，并拍照，

内心十分清楚，这不过是在安慰自己。

作为一个人，我已懂得丧失。可以平静接受它。

就像接受一个海湾，也像接受一处峭崖。

我知道，不管走不走到它们的面前，潮汐的涨落，

与一千年前一样，一千年后也不会改变

——我打量它们的目光，与它们没有丝毫关联。


正是这样，变化与不变；一座城市的衰败

与兴盛，在于我们从中寻找着什么。

如果我说：衰败是兴盛的结果。在逻辑链环上

它们成立吗？作为问题，我已经多次问过自己。


## 9


我也问雾霾造成的呼吸困难

会带给我们身体什么——很长时间以来，

当我走在大街上，眼睛刺痛，

就像针扎一样，胸部闷胀，犹如被石头压住。


甚至让我看到面相的改变——诗人，厌倦者，

能打等号吗？如果一个人不承认事物的局限性，

存在还有什么意义？新城市的繁华，

建立在反对过去的想象上。我必须拓宽自己的知识。


真是不容易！这是永无止境的认识论

——让我不得不得出结论——

在这里，如果我们不能以"美图秀秀"的眼光

打量一切，就无法看到它"美瞳、丰乳、瘦身"。


也就是说我们看到什么，并不意味着它是什么

——在时间中的都会被时间抛弃——

现实主义，浪漫主义。我的抛弃是必然的抛弃。

我想说出的是：魔幻，才能让人看清自己。


10


所以我喜欢"在路上"（甚至凯鲁亚克意义上的），

从一地到另一地，昨日翻山，今日临水。

地理的变化，气候的变化。犹如计算机

硬盘格式化，用新景象删除掉大脑中的旧景象。


我告诉自己，这是让人改变的过程——

没有到过的省份，到过了，没有吃过的水果，

尝到了滋味。面对着从未听闻的奇山异水

——好奇、吃惊，不断修正着自已与自然的关系。


我是在翻阅文件一样阅读大地；

一条河是一个逗号。几十公里路可能是省略号，

也可能是破折号。如果碰上千年大树，

一处陡峭山崖，我将之看作惊叹号，或者警句。


至于那些偶然遇到的，路上天降大雨，

堵车，馆子饭菜不新鲜，分量与价格不成比例，

对于我则是文件装订倒页，录入出现错误。

或是在提醒我，在路上关注现象不应该多于本质。

# 长途汽车上的笔记之十

——咏史、感怀、山水诗之杂合体

## 1

凝神、聚气，把冬天抛到山顶。

我站在观景台上，目睹远方云层翻卷。

内心的情感随着阳光上升，我知道，

俯瞰大地，我已经在千里之外看到了自己，


正在匆匆赶路。扑面而来的分道线，

意味着缩短了我与家的距离。他们望穿秋水？

不是这样。义务，捆绑着责任。

我必须做到的，不过是向古老习俗交出身体。


那么自我的隐秘呢？永远在自我之外。

遭遇不断变化的地貌，就是遭遇不断变化的人生。

虽然我仍然远离青山绿水，不说它们代表了什么。

但心里清楚，这是永恒与短暂显示对立。


抓紧时间。这是我唯一应做的事。

我的语言需要在运动中找到自我与事物的联系；

一座繁华的城市能够带来它的警惕，

一片起伏的群峰，会让它获得复杂与镇静。


## 2


他？从夜郎国到潇湘，意外不断发生。

谢恩辞（谢酒、谢饭）说了吗？别人的内心

我们无法知道，仍在等待奇迹；奇迹，

要在一千多年后，让我看到


原来并不是傲骨支撑着他。支撑他的

不过是忠君无门，站错了队，搞得所有的漫游

如丧家犬，无骄傲可言，众人的赞美，

到头来就像失去巢穴的鹳鸟，找不到落脚之地。

局限性。可怕的词，把才华和天赋

全部圈在命运的外面。把国家、种族的错误，

弄成一切错误的起因。真是龌龊啊！

哪怕我重新在纸上描绘路线图；山路、水路，


甚至在某个地点标注他得到士绅的款待，

享受了风景。有用吗？风雨飘零，

不幸如吸肤蚂蟥紧咬他；尽管传奇美化他的死，

但是他的死，只是自然之死，根本不浪漫主义。


### 3


我也不浪漫主义。我攀登名山，

不过是了却心愿，或者只是因为它在那里，

我的到达只是说明崎岖的山道上，

留下过我的足迹。有了与人摆龙门阵的谈资。


它是别人的苦心经营；尤其是几千级台阶，

向上、临渊，给人绝处逢生的感觉。

至于修身的意蕴，攀爬，的确劳人肌肤，

在气喘吁吁的过程中，我没有获得灵魂的升华。

不可能的事，永远不可能。这一点，
我体会很深；与孩子们一起，为了看太阳升起，
登上寒冷峰顶，尽管破空而出的旭日光芒万丈，
我感到的却是精神已经蜕变。

我宁愿承认大道周行，对自然保持敬意
——如壁垂直的悬崖深不见底；远眺，
看到的群峰格外冷峻——我知道的是：看见或
不看见它们，只对我们有意义。它们漠视意义。

4

正因为如此，反反复复，我一再地
想到他，他与我的距离，有时候
是一尺，有时候是千里。但不管一尺，还是千里，
我都不了解他是什么样的人；天使，还是魔鬼。

他让我感到，他不在他的身体里。
我看到的全是表象。其实，我在我的身体里吗？
作为愿望，我不想在我的身体里，我希望

可以化身成为山水，可以是一棵树，或一只蝴蝶。


这样，我看它们，实际上是在看自己。

当山水变化，就是我在变化，譬如一条河

被污染，就是我被污染。一座山，在大雨中坍塌，

就是我在坍塌。我知道，我需要绝对的细节。


需要局部的放大；深入，穿过表层。

当有人说"你寻找到什么？""你不能否定

山，还是那座山，水，还是那些水。"

我说什么呢？"人，不能两次跨入同一条河流"？


## 5


这是我的超越？或者，融入。

难道不是批判？尽管我享受公路的延伸

把我带到偏僻之地。我也想到，如果没有公路，

就没有我能看到的改变；水泥，代替了草木。


没有比较，存在，就是绝对。

譬如荒山野林中的一切（松鼠、锦鸡），天长地久。

让我不断在脑袋中描绘改变前的景象——

安静的太安静。绿色的太绿色。缓慢的太缓慢。


哪怕柳暗花明又一村，看到石寨和木楼，

仍是这样的感觉。我和他们，隔着的

不是空间，而是时间。时间，在这里并非线性的，

它让我看到面积，看到"亘古"一词是什么意思。


我知道，这就是尊重自己。

不需要精确的记录。"现实中到底发生了什么"？

我在路上走着，不过是选择做自己。

我的胸中有千沟万壑、滔滔流水和万亩森林。


## 6


而寻找是绝对。是它使我永远在路上。

不管是悲伤，还是欣喜。陌生，成为安慰。

尤其当我突然发现，走进一个地方，

它的景象，让我的"已知"重新变成了"未知"。


让熟悉的变得不熟悉。

虽然如此的经历颠倒黑白，把美变成了丑。

但说明的却是，时间的辩证法的确有太多残酷性。

让我看到的世界，只是我看到的……世界……


永远在古老的典籍之外。犹如告诉我，

改造，就是遗忘；遗忘，就是放弃。

这一点，我已经深深地领教过了。在我到达的

每一个地方，我都感到，它们，已经不是它们自己。


埃兹拉·庞德说："罗马，不是罗马这一座城市。"

到了今天，我觉得我可以这样说了：

曲阜，已经不是曲阜；杭州，已经不是杭州；

或者北京，已经不是北京；成都，已经不是成都。


7


如此，我是不是陷入了旅行的玄学？

就像他，跋涉山水的过程变成自我的胡乱改写。

寻找山水的"真理"。我亦想这样做。

只是，疑惑不断出现——否定，还是不否定？

我曾经说过，没有人的山水，不是山水。

这是正确的吗？因为我有这样的经历：

独身待在一座山里，我有过山在，但我不在；

或者我在，而山已消失的感觉。这样的感觉，

让我有时候欣喜，有时候沮丧。

搞得我一会是犬儒主义者，一会是沙文主义者。

角色不停变幻，怎么确定我与山水的距离

甚至成为一个问题，像一根芒刺扎入我的身体。

要知道，我并不是他。从自我出发，

用自我丈量与山水的关系，如果真是必须这样，

我是否应该说：没有我，山水还是山水。

没有山水，我还存在吗？我不能凭空显现自己。

8

所以，在，必须是终极概念。我在江边，

在树下，在山顶。我面对星空，面对雪和雨。

我也面对高速公路、乡间小道，

古老的村落，香火旺盛的佛庙、天师庙、财神庙。

我是从它们那里寻找自己吗？

或者像有人所说，我寻找的仅仅是"在"的形式。

拜谒一个墓，掬起一捧水，摘下一朵花，

我的生命在那一瞬间与过去、水和花建立了关系。


不过，我亦说过，我想用旧来改造新。

这是解构吗？把自己解构到历史的细枝末节中，

或者将自己融入到山水的细节中，

我是不是应该谈论具体？离开抽象，离开总结。


但是太难了。就像对于他我从来不谈论。

不管是他深陷自我的精神狂妄，

还是不得不出仕寻找精神的支撑。我看他，

以看戏子的态度看他；他就是一个滑稽，一个错误。


## 9


错误也是伟大的。这就是为什么

我仍然对他充满同情。他的行走日移百里，

而我则可以借助汽车一日千里。

速度带来了认识的不同。是不是更加浮光掠影？


就像他看到的繁华，在我眼里不值一提，
譬如锦灯华彩，譬如奢侈。
哪怕他的想象力如神，我相信他也想象不出来
如今一个县城呈现的一切。


我已经见惯不惊。当然，他见过的
有我再也见不到的——虎豹啸林，地广人稀
——我只能想象，如果我碰到了虎豹会怎样？
是打杀，还是逃遁。不过最可能的是死于非命。


所以我说：地名是旧的，而地方是新的；
人是旧的，但"城邦"是新的。
已经无数次了，它们带来现实的迷惘，把"到哪里去"
变成问题，使我在此时此地，又不在此时此地。


10


让我的思想，犹如在冰雪覆盖的山上攀登，
凛凛寒气，可以把人逼到"历史的地缘学"。

再次回忆，我眼前的画面晃动如雾气笼罩的月亮，
它的喻意，让我必须猜测谜语一样不断地猜测。

并再次问，我和别人看到的是否相同景象？
对于我，这是实践、实现、时间的存在。
不像夜降临，眼睛里只有黑暗在延伸。
我要告诉自己的是：又是抛弃。永远都在进行。

一个人，终归不是一群人（时间的沙粒，
连沙都不是）；个人的历史，其实，称不上历史。
当我不在这里、那里，我也不在任何地方。
我不能说：我的存在改变了世界，改变了汉语。

但是，结束也是开始。我知道我
还会在语言中浪迹一生。有时候一个词是一堵墙，
有时候一句话是一条河，有时候一首诗
是一座山。我必须面对它们，或者，穿过它们。

# 长途汽车上的笔记之补遗

——谨以此诗纪念与卫明、阿西同游黑龙江、内蒙古

1

从南到北，不是学候鸟飞，是腾空而起，

在云端之上见识大的含义。来自语言的转移；

上午还在热带雨林中看黄花梨树，

听小巫介绍它的价值，下午已进入国家心脏。


接下来,驱车日行千里。通辽之地,在另一首诗中出现,

科尔沁的秘密还是秘密。

有人自诩血统中的蒙古基因。我不相信。

眺望大地苍茫，冬天已露端倪，是气之混沌。


还好的是，夜宿地是第二次到访。

变化来自庸俗的审美；光怪陆离的街道，

拐角处可能迎面碰上流莺。同行友人，

到了见怪不怪的年龄。关心安眠，无梦到天明。


下面的旅程展开未知。马达的轻捷，

带来天边垂云。当我们到达国家的东部小城。

浩瀚江水，以颠覆内心的观念涌进大脑。

这里，这里，不是天之尽头。已经是天之尽头。


2


宝塔镇住了什么？江中岛一分为二，

我们只能被隔在某种分裂中；

没来由的恨，仍然是"哀其不幸，怒其不争"。

比想象长久的是奔腾的江水。它才是见证者。


让人回想长平、淝水、巨鹿这些历史名词

也让人回想数不胜数的围城、奔袭

更让人回想起大火焚毁的园林。

历史到头来，不过是后来者必须观看的悲剧长河

映在镀锌铁皮一样的水上。证明人的内心
遗忘可以发生。瞧那些嘻嘻哈哈拍照留念的人，
他们也许是横死者的后人。不像
我们从南方来，是猎奇者也是重新学习的人。


### 3


纵横交错的地堡，成为入侵者的葬身地。
那些不相信失败已经降临的军人，那些妇孺，
他们的阴魂仍在湿漉漉的坑道内游荡。
所有死于异乡的人，不单单可怜，而且可恨。


胜利者也可恨。当我们坐上游艇在江中游，
眺望隐匿在对岸的房屋尖顶和军营。
有人的美比丑还要可恶。
让人想到"第二溪"①，阿克梅的精英在此流放，


他的死已变成传奇；一个故事隐藏在杂草丛。
阿西蹩脚的俄语，只是打听出了征服者

---

① "第二溪"，俄罗斯诗人曼捷斯塔姆病死的地方。

后裔的无知。在这里，我们太像疏离者；

文学的世界主义没有主意；就像聆听的鸟语。


为此我们有责任做点什么？站在水边，我思想

在接下去的旅途中，怎么呈现一首诗的主题：

丧失的美，比美更美。为什么如今我们

看到河流也会亢奋，看到森林甚至会流下眼泪？


## 4


让我面对山峦以外的低地；建三江和兴凯湖。

思想那些流放者（思想的苦役犯），在寒冷和潮湿，

饥饿和疲惫中度过的每一天——同时想那些

没有知识的知识青年在这里所失去的。


我不想谈论他们。我希望我的语言迅速地越过他们，

到达根河、额尔古纳、满州里、阿尔山。

在河流的弯曲，在绵延不断的白桦树下，

我希望我的语言找到一个民族的光荣，而不是自我
羞辱。

正是这样，当我站在眺望边境线的玛尼堆旁，
看到暴雨形成的雨幕奇观，内心的五味瓶彻底打翻
——我是一个大国沙文主义者吗？我不得不问自己。
就像在面对黑河对岸的海兰泡时，我已经问过一次。

不是，的确不是……。如果是，我肯定会赞颂
曾经横跨两个大洲的征服者——那些疯狂的屠城。
我会说室韦、柔然、黄金家族的消失，仅仅是
萤火般的熄灭。就像我在夜晚见到的闪烁游移的光。

5

不过，穿越寂静的大兴安岭，是在穿越传奇。
自然的鬼斧神工，把我们的心脏撩拨成琴弦。
赞美是应该的——清洁的白桦、蓝莓和松鼠，
带来的喜悦，犹如让我们重返无知的年龄。

一朵云的二十岁，一个湖泊的二十岁。一条
从山顶淌下的溪流的二十岁。它们都是自然
的美人。面对它们，我必须恍如隔世，必须
像是回到自己的前生。我是什么人，狩猎者？

我的心里响着的是嘹亮的歌声。我甚至希望
时间立即停顿。我说：在呼玛镇，我已经是
享受了人世幸福的旅行者。一个没有房屋的
人，可以天当被地当床。可以就此成为隐士。

这些话不是矫情。这一点，黑龙江可以做证。
它汹涌的、平静的流淌，告诉我们什么是美。
我们要它多美，就会有多美。它不属于人类。
任何一处岸边，我感到的都是它对人的拒绝。

## 6

回溯历史，流亡者的琴声响起。丧失祖国的人
找到更好的栖息地。他们反客为主让一座城市
打上宗教印痕。当我们走在这里，犹如
走进别人的记忆；这记忆苦涩，像太浓的咖啡。

但，我其实不断想到的是儿子。他在这里
度过的寒冷已经成为永远结在身体里的冰。
如今他走得太远了；远到欧罗巴腹地。

他的梦中会不会旧地重游，踩厚厚的雪地？

……几个短暂的夏天。几个漫长冬季。
列巴、格瓦斯，涅瓦河的伏特加。彼得堡红汤，
贯穿在他的生活中。就像现在，香烟
贯穿在我的生活中。我总是用它促进我的思考，

总是用它挑剔求刺。在建筑上寻找丧失的自尊。
我说，颜色胡乱搭配，说明殖民还殖民得不够。
在阿克列谢耶夫教堂，在中央大街，我的回忆
直接指向"露西娅"的咖啡和"马迭尔"冰棍。

7

找北的人。到处都是……，年青的，年老的，
灵魂的迷失我看见了。一个时代的混乱已经
写在他们脸上。当他们面对几块石头做心满意足
的表情，空，却在内心扩大，空如呼伦贝尔。

驰骋的马，已消失在历史的深处。铁和血写成的
故事，充满狂暴和残酷——我不欣赏其中的意义。

我只对马头琴低沉的声音过敏。它仍然是对
悲怆的诠释；把远修辞化。无非是对自我的欺骗。

加重我们的旅行的形而上意义。让我看到
兀然出现在天尽头的甘珠尔庙表达的对信仰的敬意，
并没有彻底解决地域性的苍凉。反而让我觉得，
高原的高不断制造人世的低。低如无草可食的牛羊。

将之商品化。这是对历史的贩卖，改造骄傲的含意。
我不断产生幻觉——我是代表南方来表达一种认识：
在植物丰富的热带雨林，可能隐藏着
更多人的秘密。哪怕它们繁复而多变，艳俗而色情。

8

盛极而衰的故事。太像沙漠推进吞噬草原。
也是对逶迤在群山之上的长墙的嘲笑——坍塌、废弃，
被赞颂的伟大不值一提。因为它从来没有抵抗住
人心崩溃。甚至演绎了"冲冠一怒为红颜"的滑稽剧。

阅读由此写成的历史是对信心的打击。凭什么啊？

在郭林格勒盟山顶的蒙古大帐，面对供人参观的

马具、刀剑，面对图片上一座座荒凉的遗址。

我能说什么，文明，不是文明的敌人？……那么信

仰是？


我不清楚信仰是什么。到处妖魔鬼怪。到处都是……

我只能选择回避。功利主义地思考问题；

如果我们需要寻找一处躲避酷热的地方，

会选择这里吗？它的荒凉会不会在我的心中留下阴

影？


就像我看到"冷极"这样的词，心中兀然一震。

精神上立马紧裹厚重的皮衣。我不得不承认

我习惯面对层嶂叠峦的群山；不停拐弯又拐弯的山

道，

带来视觉震颤（断崖、湖泊），总是猜测意外如何

发生。


9


带来了什么？侥幸般的狂想：事情已经起变化了。

如今，我们身处牛头对不上马嘴的时代；
它使风景亦变得不再单纯，染上铜臭色。
"要到草原腹地吗，要走近湖水吗？请留下买路钱。"

昂贵的旅行让我只能谢谢慷慨的友人。
我说：工业的发展如此迅速。我们必须
抓紧时间看还能看到的自然；尤其是当山还是山，
河流还是河流，还没有打上工业的印痕时。


这是否杞人忧天？在霍林郭勒，当我们陷身雾霾，
混乱的道路指示牌把人引向歧路，我觉得一切
都是可能的。一切……。离返回的城市越近，
我越是觉得，做忧天的杞人是必要的。


## 10


使我哪怕旅行已经结束仍在不断回忆。
有什么是没有注意到的？我是不是还需要通过文字
重新寻找遗留的情节，譬如在五大连池，
当我攀上火山口，焦黑的深坑带来内心怎样的震颤。

另一个声音却说不必要。我需要的是快速回到南方。
我需要的是迅速结束旅行。在南方，在洞背村，
我日常的生活是与书籍打交道。在书中
我还要走太长的路，还有无数文字的陡崖攀登。

我会在文字中重温已经属于消失的旅行
——文字的旅行是更长久的旅行——面对电脑
我将做出记录。我要告诉自己，不断动荡的
不是我们奔跑在路上。而是坐下来回想一切。

这也是对自我存在的补遗。我们的存在不过是
细节的不断补充。因此　在这首诗的最后两行，
我补上坐在虎林月亮湖度假村的阳台上，望着
猎户星座。我问什么叫远离世界？却听不到人回答。

# 后 记

　　写这部长诗的起因是与诗人哑石在成都的某茶馆的一次聊天。那次聊天时这部诗的"之一"刚刚完成。哑石在谈到读了的感觉后告诉我，如果我能照这样的规模写出十首，绝对会非常牛X。他建议我将之写成一部长诗。恰好那一阵子，我有好几年时间东走西逛跑了很多地方，心中有不少想写出的东西，哑石的说法让我心动。

　　但是要真正写出十首，并构成一部有内在关联的长诗并不容易，为此我花费了整整四年时间。也就是说，这部诗不是一时兴起的产物，它包含有我一长段时间对诗的思考，以及如何在黑格尔与爱伦坡认为长诗的时代已经结束后，对写作长诗的认识。还好的是，现在呈现出来的成品，基本上达到了我对之的预设：通过个人旅行经验的描述，写出对现实与历史的认识。

　　从这个意义上讲，尽管这部诗被冠以"笔记"之名，但它并非传统意义上的旅行笔记，而是通过对旅行中所见所闻的描述，来表达人面对山川、河流、现实、历史时的种种思考。在这一过程中，我自己认为最重要的是，我并没有将如此篇幅的一部诗写成单纯的记事诗，而是在符合当代诗对语言、形式、结构的要求下，使之呈现出了独立的本文特征。如果要我自己来评价，我会说：这是一部具有开放性的作品。

人们或许会问，什么叫作品的开放性。我的意思是，虽然这是一部描述旅行的诗，但是它并非单纯的描述，而是运用了戏剧化、抒情意识、哲学沉思等写作方法。正是这些现代诗手法的使用，使得它在时间与空间的处理上，变得灵活，从而增加了诗的层次感、包容力，和向纵深处伸展的可能。最终带来了作品"构成"的复杂性。

在当代的诗歌环境中，简单主义流行，很多人把诗的复杂性看作不可取的弊病。这与我的认识刚好相反。我认为，对语言复杂性的追寻，正是文学当代性的一大要求。面对着变得越来越混乱的人类处境，如果不能以更为复杂的方法来处理现实带给人类的困惑，诗便很难完成对我们置身其间的世界的解析。寻找呈现复杂性的方法，恰恰是我们作为诗人的责任。

只是我并不想人们在看到复杂性在诗中出现，便认为它是不清晰的。语言的复杂性与叙述的清晰是两个方面的存在。正是由于此，在写作中我更加努力想做到的是，让这部诗有一种清晰的面貌——对个人经验复杂化的处理，带来的是清楚地阐释了当代生活带给人的变化多端的感受。我觉得还好的是，在这部诗中，我基本上做到了这一点。为此，我是高兴的。

最后我要感谢促成这部书出版的众多朋友。当然，特别要感谢的是王苏辛女士。她对这首长诗的约稿，以及提供的良好条件，是对我的巨大鼓励。让我有理由相信，我所作的工作对得起诗歌，也对得起我生活的这个时代。


2019 年 1 月 3 日于深圳洞背村